ESQUELETOS QUE DANÇAM

THIAGO TIZZOT

1º reimpressão

EXEMPLAR Nº 312

capa e projeto gráfico
Matheus Rodriguez
encadernação
Lab. Gráfico Arte & Letra
ilustração
André Ducci
revisão
Letícia Trein

© 2020, Editora Arte & Letra

T 625
Tizzot, Thiago
Esqueletos que dançam / Thiago Tizzot. – Curitiba : Arte & Letra, 2020.

ISBN 978-85-7162-012-4

1. Literatura brasileira   2. Contos brasileiros   I. Título

CDD 869.93

Índice para catálogo sistemático:
1.Contos : Literatura brasileira   860.93

Catalogação na Fonte
Bibliotecária responsável: Ana Lúcia Merege - CRB-7 4667

ARTE & LETRA EDITORA

Rua Des. Motta, 2011. Batel
Curitiba - PR - Brasil / CEP: 80420-162
Fone: (41) 3223-5302
www.arteeletra.com.br - contato@arteeletra.com.br

ESQUELETOS QUE DANÇAM

THIAGO TIZZOT

2020

Para Larissa e Beatriz

ÍNDICE

ASSIM É A VIDA..................11

CAIXAS............................23

FORMIGAS........................27

RESPOSTAS CRUZADAS......35

SÁBADO A NOITE...............47

UNIÃO DA VITÓRIA.............57

As histórias deste livro foram escritas ao longo da última década. Todas, exceto a última, União da Vitória, vieram para antologias, jornais e revistas literárias. Textos que por um breve momento conheceram leitores, mas que depois permaneciam em minha gaveta, afastados do mundo. Com o passar dos anos se agitaram, chamando atenção e pedindo para voltarem às prateleiras. Meu acordo foi que só quando tivesse uma nova história elas sairiam da gaveta. Depois de algum tempo a nova história veio e aqui estão eles, os esqueletos que dançavam em minha gaveta.

ASSIM É A VIDA

Chovia. Não aquela chuva firme, mas aquela outra. A chata. Que não passa. Ele gostava de chamar de Molha-bobo. E, como sempre, achou que não precisava e saiu sem o guarda-chuva. O resultado é que entrava na maternidade com o cabelo pingando e tênis encharcado.

Não conseguia deixar de pensar que quando entrava ali, naquele exato momento, alguém nascia. Assim, sem mais nem menos. De um segundo para outro. Para as outras milhões de vidas do planeta nada incomum tinha acontecido naquele instante. Para os pais era tudo novidade. Desde a manchete do dia até os pequenos detalhes da rotina, como a primeira coisa que aconteceu depois do nascimento do rebento. Um dia a ser lembrado.

Para os outros era apenas um dia normal de chuva chata. A enfermeira segurava um pequeno pacote cor-de-rosa, se fosse um menino seria azul. Ele olhou para o pequeno rosto e tentou encontrar alguma coisa para dizer. Mas era um nenê como os outros. Virou para os pais com um sorriso largo, quase chegando as orelhas, e sabia que precisava dizer qualquer coisa. Pensou em dizer que a menininha era linda, porém não saberia explicar exatamente o porquê. Um silêncio incômodo se instalou. A enfermeira deixou a criança com a mãe e saiu do quarto.

No corredor, ela reparou que o chão estava repleto de pequenas poças de água. A chuva deveria estar forte lá fora. A enfermeira estava entre os milhões que acreditavam que aquele era um dia como qualquer outro. Todos os dias testemunhava o nascimento de pelo menos meia dúzia de crianças e acreditava que tudo durava apenas um segundo. O importante mesmo era o longo período que vinha depois e terminava na morte. Outro segundo.

A novidade para ela naquele dia era o convite de casamento que recebeu. Retirou o convite do bolso do jaleco. Letras prateadas e caricaturas. Sorriu. Festa durante o dia e ao ar livre. Enquanto passava pela correria de grávidas, médicos e bebês, imaginava qual roupa usaria. Tinha que marcar salão, ver o sapato e pensar na bolsa. Lembrou-se da chuva.

Realmente tem gente otimista neste mundo. Fazer uma festa de casamento ao ar livre em Curitiba, pisou em uma poça, só com muito otimismo mesmo.

Ela esbarrou em um senhor que andava impaciente pelo corredor. Derrubou o convite. Ele fez questão de se abaixar para pegar o papel.

Sentiu as costas doerem. Maldição. Será que aquilo nunca iria parar? Estendeu o convite para a moça e tentou sorrir. A enfermeira sorriu novamente. Percebeu que não era apenas por educação, como o dele, mas genuíno.

Ficou pensando como alguém poderia sorrir em um hospital. Porém este pensamento foi afastado quando outra enfermeira surgiu no balcão e chamou seu nome. Ele se aproximou e entregou a senha. Recebeu em troca um grande envelope branco acompanhado de um sorriso, este por educação.

Ele sentiu vontade de perguntar para a enfermeira gorda por que o sorriso? Aquele envelope poderia determinar se ele morreria logo ou teria outra chance. Mas não o fez. De que adiantaria? Abriu o envelope e seus olhos passaram por um monte de palavras complicadas e números. Não compreendeu muita coisa e não foi necessário. Bastou uma palavra.

Maligno.

Enfiou o papel no bolso e seguiu para a rua. Não sabia o que pensar. Tinha se preparado para este momento. Não queria se desesperar. Claro que tinha medo, mas era comum, não o preocupava. Só não queria desmoronar. Não ali.

Entretanto o que sentia era inesperado. Buscou por alguma emoção, mas nada. Preferia ter chorado. Achou que sua vida não merecia aquela indiferença por sua parte. A primeira coisa que pensou é que tinha tido uma vida boa. Aproveitou cada momento.

Vamos! Reaja! Tudo que conseguiu foi atravessar o estacionamento e fazer sinal para um táxi.

O carro alaranjado parou e o motorista ficou esperando que ele abrisse a porta. Lá de dentro, gritou que o senhor teria que sentar atrás. Pela janela viu que o banco da frente estava ocupado por um grande arranjo de flores.

Assim que escutou o barulho da porta fechar o taxista arrancou, tinha parado em fila dupla e ligado o pisca-alerta. Como se as luzes piscando lhe dessem a liberdade para violar qualquer lei do trânsito. Escutou o endereço que o velho murmurou, mecanicamente fez o trajeto em sua cabeça e acelerou. Estava com sorte, o endereço não era fora de mão. Depois da corrida ainda teria tempo de sobra para deixar o arranjo em casa para sua filha. Sorriu.

Conseguiria.

Pelo espelho viu que o velho olhava pela janela desanimado. A chuva persistia. Diacho de chuva. Essa não vai parar, pensou. Mas nada poderia estragar o seu dia. Lembrou da primeira vez que sua filha veio pedir ajuda com as lições. Desde aqueles tempos ele soube que ela iria longe. Puxou à mãe.

Sem perceber, estava conversando. Fazia com frequência, apesar de muitos passageiros preferirem o silêncio. O velho não era diferente, respondia apenas com uma palavra e mantinha os olhos na cidade que passava rápido. Não se importou, estava orgulhoso e precisava contar.

Contou que hoje era o dia da formatura de sua filha. Em Direito. Seria doutora. A primeira da família que conseguiu ir até o fim, como ele costumava dizer. Tinha comprado as flores para ela e queria fazer uma surpresa no almoço. Seria a oradora da turma. Era um honra. Ele chegou na cidade sem nada, como uma mão na frente e outra atrás. A muito custo juntou dinheiro para comprar aquele carro e trabalhar como taxista e hoje era pai de uma doutora. Como a vida é imprevisível.

Somente quando disse esta frase o velho olhou para ele através do espelho. Mas logo perdeu o interesse.

O sinal fechou, mas ele pensou que conseguiria passar. A chuva talvez atrapalhasse seu horário. Uma freada brusca. O som alto da buzina e um choque leve no capô. Ele olhou assustado para o rapaz. Estava bem. Não foi nada.

O rapaz bateu com força no capô. Estava completamente molhado. Xingava a plenos pulmões enquanto pegava sua mochila no asfalto. Sentia uma dor na perna, mas conseguiu sair andando. Olhou uma última vez para o taxista e seguiu seu caminho pela rua. Abrigou-se sob uma das marquises espalhadas pela Sete de Setembro.

Levantou a calça e viu a pele vermelha e inchada. Pensou que poderia ter sido pior, e a euforia da entrevista ainda não tinha passado. Logo esqueceu o acidente e estava caminhando sorridente para casa. Ainda não acreditava. Depois de dezessete entrevistas, finalmente um emprego. Tudo bem que era um estágio e tudo bem que não podia chamar aquela mixaria de remuneração, mas era um começo.

E um maldito barbeiro quase acaba com tudo.

Seu coração ainda estava acelerado, pelo acidente também, ainda não acreditava que tinha conseguido o estágio. Lembrou de seu currículo, uma página que resumiu sua vida e não passava de dez linhas. O portfolio também não ajudava muito, trabalhos da faculdade que ele não teve tempo para arrumar. Mas nada disso importava, ninguém podia chamá-lo de vagabundo. Tinha seus próprios recursos agora.

Caminhava puxando a perna machucada. Passou por um salão de cabeleireiros. Uma garota protegia-se da chuva na marquise. Pensou em dizer que não adiantava ele esperar a chuva passar.

Aquilo continuaria o dia inteiro assim, mas no último segundo ficou com vergonha e desistiu.

A garota achou que o rapaz ia dizer alguma coisa, talvez oferecesse um guarda-chuva. Nada aconteceu e ela ficou olhando para os pingos que caíam com uma regularidade impressionante. Por várias vezes pensou que poderia sair, mas ela sabia que acabaria molhando todo o cabelo. Perderia todo o tempo – e dinheiro – passado no salão. Apesar do céu cinza seu rosto estava radiante. Hoje ela completava um ano de namoro. O primeiro que tinha chegado tão longe, era um momento para se guardar para sempre. Tinha levantado cedo para conseguir vencer tudo que precisava fazer. Comprou o presente e foi para o salão. Mão, pé e escova. Queria estar perfeita.

Na euforia, esqueceu o guarda-chuva e agora estava presa ali. Há mais de quarenta minutos esperava por uma folga dos pingos. O restaurante era perto, em cinco minutos estaria lá. Mas era uma chuva chata. Daquelas que seguem o dia todo. 12:20. Estava atrasada. Teria que arriscar.

Colocou a sacola do presente sobre a cabeça, protegeu o pacote dentro do seu casaco e foi. Passos apressados, desviando de poças e dos carros que espirravam água. Caminhou por quatro quadras e entrou. Retirou a sacola e para sua felicidade nada tinha acontecido. Tudo estava perfeito. Encontrou o namorado já na mesa esperando. Beijaram-se.

Pediram os pratos e sem mais demoras estavam comendo. O namorado tinha pressa, precisava voltar para o trabalho logo. Foi um almoço silencioso e rápido. Assim que os pratos vazios foram colocados de lado, sorriu e colocou o presente na frente dele. Seus olhos brilhavam. Ele abriu o pacote, olhou por um segundo, agradeceu e colocou o presente em uma cadeira vazia.

Levantou-se e disse que precisava ir. Ela ficou sozinha na mesa. Não compreendia o que tinha acontecido. Tantos detalhes, tantos planos e nada. Um momento tão importante e terminou assim. Como apenas mais um almoço. Quis chorar, mas decidiu que não o faria. A vida era feita de detalhes, dos bem pequenos, aqueles que dão um sabor especial à coisa. E ela não queria acrescentar o choro àquele momento.

Na mesa ao lado, um celular tocou. Um toque escandaloso, que fez o restaurante inteiro olhar para a mulher que atendeu com firmeza. As outras pessoas da mesa, todos muito bem trajados, fizeram silêncio. Executivos em um almoço de negócios. Na verdade, a mulher estava recebendo uma almejada promoção. Um dia que ela tinha esperado por toda a sua vida.

Porém a voz chorosa de sua irmã ao telefone anunciava que seu cunhado acabara de falecer. Anotou o endereço em um guardanapo e desligou. Ela murmurou algumas palavras, ainda chocada com a notícia, e desculpou-se, mas precisava sair.

Entrou em seu carro e fechou a porta. Olhava para a água que escorria pelo vidro. Não entendia. Tinha estado na casa de sua irmã ontem. Jantaram e conversaram. Não acreditava que agora um deles estava morto. O celular desviou seu olhar. Era sua mãe perguntando quando ela ia chegar. Venha rápido.

Ligou o motor e saiu do estacionamento. Mas com aquela chuva o trânsito estava horrível. Filas intermináveis de carros se estendiam até os olhos perderem de vista. Seguia o caminho truncado, acelera, freia, acelera, freia. Falou com ele ontem. Um carro não tinha respeitado o semáforo de pedestres. Ele correndo para fugir da chuva não teve o menor tempo para reagir. Foi o que sua irmã contou no celular entre soluços e um choro doído. Talvez se não estivesse chovendo. Talvez ele estivesse vivo. Mas que bobagem. Não adianta pensar assim. Aconteceu. Agora é enfrentar.

Acelera, freia, acelera, freia. Chegou ao

cemitério. Passou por uma capela cheia, pessoas de guarda-chuvas pretos ouviam o padre dizer algumas palavras. Mas não era a de seu cunhado.

Ela não reparou que enquanto subia o lance de degraus, um senhor olhava para suas pernas. Ele usava o uniforme de uma das funerárias próximas. O padre tinha acabado de começar, teria que esperar até ser o momento de trabalhar. Precisava matar um pouco de tempo. Sorriu ao pensar na expressão. Provavelmente não fosse a melhor ocasião para usá-la.

Ele passou a mão por seu cabelo grisalho, algumas gotas escorreram pela face enrugada. Talvez pegasse uma gripe. Desviou os olhos para as pessoas. Algumas choravam, outras olhavam seriamente para o caixão. Para aquelas pessoas seria um dia para se lembrar. Muitas voltariam exatamente naquele dia no ano seguinte. O número iria diminuir até que ninguém mais viria. Sempre era assim.

Para ele era apenas mais um dia de trabalho. Como todos os outros. Hoje mesmo já tinha transportado dois caixões. No começo ficou incomodado, sentia simpatia pelas pessoas que vinham. Mas agora não mais, o tempo tinha cuidado para que isso acabasse. Sentia seu corpo cansado e sabia que não demoraria a ser ele em uma das capelas. Mas estava preparado. Só esperava que no dia não tivesse aquela chuva chata.

O padre terminou e ele foi chamado. Passou pelas pessoas que seguiam para o local do sepultamento. Ele olhou uma última vez para os olhos vazios e sentiu-se aliviado por ele não ter que dizer nenhuma palavra. Achava que não existia nenhuma frase boa para se dizer naquele momento. Pelo menos nunca tinha ouvido uma. Antes de fechar o caixão disse a única coisa que veio a sua cabeça. Amigo, você acabou de perder um belo par de pernas.

CAIXAS

O chinelo arrastava no concreto e fazia um barulho familiar. Olhou para seus pés e viu o tecido, veludinho com listras verdes sobre um fundo bege. Lembrou-se do roupão, de mesmo tecido que ganhara de sua falecida esposa. Usou durante anos aquele roupão e o chinelo, depois que Efigênia se foi. Um dia decidiu que faria o jantar sozinho, seria sua independência. Montou o pão, queijo e presunto, passou manteiga na frigideira e até hoje não sabe como o braço do roupão entrou em chamas. Agora sempre come lanches congelados. O chinelo persiste, arrastando no concreto da escada que leva a garagem.

Abriu a porta, pilhas de caixas de papelão, era difícil caminhar por entre elas. Sorriu diante da ideia de que aqueles quadrados de papelão embolorado e mal cheirosos guardavam suas memórias, seus anseios, seu sofrimento. Ali estava o resultado de uma vida inteira de escrita. Garranchos que ele desferia contra as folhas desde a sua infância. Lentamente foi retirando as caixas, seus guardados como gostava de dizer, e colocando fora do caminho. Procurava por um texto específico, veio durante a sua insônia. Uma historieta que escrevera há muito, recordava quase por completo, mas o final lhe escapou. Mais de semana que tentava lembrar, mas hoje tinha sido derrotado e decidira descer e enfrentar a tarefa. Estava a meio caminho, calhara de o dito manuscrito estar no fundo, longe da entrada. Encontrou uma caixa abarrotada de livros, Dickens, Flaubert, Cervantes, todos estragados. Devorados por traças. Guardou os tomos devorados com delicadeza. Anotou no pequeno bloco que sempre levava no bolso para comprar algum veneno para resolver esta situação.

Avistou a caixa, não tinha nada escrito, nenhuma marca, era igual a todas as outras. Mas ele tinha certeza que o texto estava no seu interior. O cheiro de bolor agredia seu nariz e era até difícil respirar. Os braços já estavam cansados e sentia os pés suados dentro do chinelo. Sentou para retomar o fôlego. Sentiu a unha comprida sobre a pele peluda enquanto coçava a barriga. Reparou que muitas caixas estavam carcomidas, furadas, roídas pelas malditas traças. Praticamente vazias.

Pegou o lenço para limpar o suor da testa. De repente sentiu os chinelos vibrarem, as pilhas rangeram e por um segundo imaginou as caixas o soterrando. Morto por suas memórias, tinha um quê de poesia. Mas não escrevia poesias, poemas, os versos eram um labirinto do qual nunca encontrava a saída. O chão tremia, precisava sair dali. Era um terremoto. Quem poderia prever, um terremoto no bairro Mercês! Tentou caminhar, mas a bagunça era enorme. Duas pilhas caíram a sua frente. Papéis roídos, esburacados e carcomidos se espalharam para todo lado

O bicho era enorme. Surgiu por trás do entulho, a cabeça era achatada e cheia de pequenas, antenas, seria isso? Moviam-se como o bigode de alguém que fala demais. A boca era somente um buraco, um vazio que se contraía a todo instante. Era imensa, muito maior que ele, que tinha aquele corpo que lembra um barril. A coisa atacou, pulou sobre ele e o chão tremeu. Foi arremessado para trás, caiu sobre as caixas e bateu a cabeça, perdeu os chinelos. Tentou se levantar, mas seus pés já estavam sendo sugados pela enorme traça.

Riu, um riso alto, desesperado.

– Maldita, matou Dickens, Flaubert, Cervantes. Matou a todos e agora veio me pegar – gritava freneticamente – pois que seja. Já devorou minhas memórias, que devore minha carne!

Lentamente seu corpo era engolido pela boca, aquela enorme boca. Não lutava, deixava que o bicho se alimentasse. Sentia que sua carne era molhada por um suco pegajoso, queimava, esfacelava-se, mas logo depois não sentia nada. Os pés, as pernas, a barriga. Tudo se desfazia no ventre do bicho que se banqueteava com seu corpo.

Anos depois, quando abriram a porta da garagem, nada mais existia. Tudo que encontraram foi um par de chinelos. De veludinho com listras verdes sobre um fundo bege.

FORMIGAS

As pedras eram grosseiras, nada daquele açúcar refinado, a formiga anda calmamente entre elas. Suas patas se mexiam em uma sincronia que me acalma e tento imaginar como seria para ela, a formiga, andar por aquelas pedras de açúcar. Se fosse humana, algum idiota diria: – Se o paraíso existe, é aqui.

O copo também era grosseiro, como a cadeira e a mesa. Chego a conclusão que o local é grosseiro, então não teria problema se chamasse de idiota o idiota que chegaria para a formiga e diria que se o paraíso existe, seria andar entre pedras grosseiras de açúcar.

Parece que existe o tal torrão de açúcar, que seria um cubo perfeito de pedra de açúcar que os atores jogam em xícaras de chá nos filmes onde se beijam e logo depois aparecem nus debaixo dos lençóis. Pode ser que os torrões sejam como sexo nos filmes, existem, mas nunca aparecem. Ou talvez as pedras grosseiras de açúcar em seus momentos de glória foram torrões compactos e fortes, mas os anos, o vício e a pobreza as transformaram em meros torrões. Decrépitos, decadentes e agora estão em uma sarjeta, num café de quinta como indolentes pedras grosseiras de açúcar. O paraíso de uma formiga.

A menina do caixa não me olhou. Veste uma camisa apertada de tecido vagabundo, pelo vão dos botões era possível ver seu sutiã que imita a pele de onça. Pago pelo café com duas moedas e uma nota. Ela, ainda sem me olhar, pega o dinheiro e coloca na gaveta. Tem uma pinta no rosto, nada feio e peludo como as bruxas dos contos de fada; algo discreto, até charmoso.

Tive um colega de escola, era a turma da professora Gabriela, que sempre usava uma saia longa que cobria toda a perna. Nunca vi seu joelho. Mas o colega em questão tinha uma pinta no braço, ou seria uma mancha. Não saberia dizer agora. Não, o colega tinha a pinta mesmo. Decidido. E sempre falavam que era sujeira, uma galhofa entre estudantes. Ele tinha muitos problemas sociais na escola por conta da pinta. Certa vez o menino esfregou com tanta força o braço que rompeu a pele. Foi para a enfermaria e tudo. Porém, na semana seguinte, depois de retirados os curativos, a pinta estava lá, no mesmo lugar.

Na calçada encontro um antigo colega. Não era da turma da professora Gabriela, apesar de que me contou que tinha casado com uma Gabriela. Cabelos ralos, olhos cansados e o tempo se encarregou de colocar algumas manchas em sua testa.

Lembrou-me de um antigo sonho que eu tinha: construir uma enorme cidade de Lego. As pecinhas coloridas sempre me fascinaram. Ali ninguém teria problemas sociais. As pessoas de Lego têm sempre o mesmo corpo e rosto, com variações apenas na pintura. Nos despedimos e eu fiquei pensando em meu sonho. As formigas seriam um grande pesadelo para os pequenos moradores da cidade.

Passo diante de uma dessas novas igreja, projetadas para arrecadar o maior número possível de seguidores e dinheiro. Uma construção enorme, coberta com dourado e muito mau gosto. Paro a minha caminhada diante das portas de vidro, lá dentro alguém no palco fala palavras que eu não consigo escutar. Gesticula os braços freneticamente, usa um lenço para secar o rosto que, presumo, esteja empapado de suor. Olho para o outro lado da rua e para os prédios ao redor. Não era um cinema? Entrei naquele prédio para assistir a um filme, não consigo recordar sobre o que era ou quem eram os atores. Tinha uma atriz muito bonita, ou era a moça que vendia balas? Ah, sim, a moça que vendia balas.

Ela estava no corredor, passando com seus doces, eu estava na cadeira bem da ponta. Gosto de sentar ali, caso precise sair rapidamente para o banheiro ou alguma outra emergência. Ficar na ponta tem a desvantagem de que todo mundo que entra acaba apertando seus joelhos e pisando em seu pé. Mas me sinto mais tranquilo sabendo que se eu precisar sair, não sou eu a pisar no pé de ninguém. Esta localização, na ponta da fileira, evita muitos problemas. Mesmo com o cinema vazio como estava naquele dia. Fiquei tentado a comprar uma bala. Gosto de açúcar. Porém a moça passou com seus passos suaves e eu não disse nada. O filme já estava para começar.

De repente um "shhhiu", um tiozinho no meio da minha fileira fazia sinal com as mãos para a moça que vendia balas. Ela se virou e parou ao meu lado. Senti um aroma doce, não sei se dela ou dos doces.

O tipo vestia um casaco amarrotado com uma camisa polo por baixo. Recordo bem da camisa porque nunca suportei aquela gola molenga. O cabelo era ensebado, ralo e grisalho. Talvez estivesse no cinema errado e talvez pensasse que a moça que vendia bala fazia outro tipo de serviço. Ela perguntou o que ele queria, o tiozinho fazia sinal com a mão ossuda para que ela se aproximasse.

Tudo que eu fazia era de alguma forma tentar me aproximar daquele cheiro, não importava de onde vinha, era bom. Ela permanecia parada ao meu lado, tentando explicar que se ele queria comprar alguma coisa, deveria vir até ela. Assim era o funcionamento correto da transação de comprar balas no cinema. O sujeito não tinha nenhum traquejo social ou experiência em comércio.

Ao final o tiozinho venceu e a moça teve que se deslocar até ele. E foi nesse momento que aconteceu algo que marcou a minha infância, adolescência, vida adulta. Para chegar até o tipo a moça precisava passar por mim e foi o que ela fez. Antes de continuar preciso esclarecer que ela usava um vestido curto, não porque gostasse, que imagino fosse moça muito recatada, mas devia ser alguma imposição do serviço. O dia estava quente e eu usava uma bermuda. E assim se deu o encontro de peles.

Não foi algo intenso, foi um roçar, um oscular infinitamente mais estimulante do que qualquer outra coisa que eu poderia imaginar. Olhei para ela que sorria, não sei se por educação, obrigação do cargo ou porque gostou. Claro que para mim sempre será a terceira opção.

Fechei os olhos e coloquei todas as minhas forças para recordar aquela sensação, para poder apreciá-la mais tarde e outras vezes. Acho que fiz um bom trabalho, até hoje os cabelos de minha nuca se eriçam quando lembro.

Ela se aproximou do tiozinho que esfregava as mãos.

Uma buzina avisou que um acidente acontecia na esquina. Um carro e uma moto se chocaram. Segui andando com a sensação de que o cinema era ali. Mas agora tudo que restava era uma enorme construção que prometia muito, mas era tão vazia quanto aquela antiga sessão de cinema.

A rua tem uma pequena subida, no meio da quadra sinto o ar faltar. Involuntariamente procuro um banco para sentar, avisto um de concreto com uma palavra pichada. Em tinta preta e com um baita erro de português. Desisti. Não gosto de sentar em palavras. Meu pai me levava em uma barbearia, com chão quadriculado de preto e branco e revista de mulher pelada sobre o balcão. Como eu era muito pequeno para a cadeira o seu Alceu, barbeiro, colocava uma lista telefônica para eu sentar. Funcionava para revolver a questão da altura e ele conseguia cortar meu cabelo sem dificuldade. Até aí tudo bem, o problema é que ele usava um perfume horrível que irritava meu nariz. Eu passava dias tendo que usar um lenço porque o nariz não parava de escorrer. Hoje, com a idade, isso não me incomodaria. Levar um lenço, ter o nariz escorrendo. Mas naquela época isso me trazia muitos problemas sociais na escola. Depois disso nunca mais pude sentar em palavras.

Escuto um grito, provavelmente alguma coisa no acidente lá atrás. Sirenes. Entrego o dinheiro para o homem, como manda o contrato de transações em bancas, ele me dá a mercadoria. Um doce de leite dentro de um saquinho branco de papel. Era cada vez mais difícil encontrar a iguaria, porém esta banca de jornal sempre tinha. Um estoque farto acondicionado em um pote de plástico transparente e tampa amarela.

Pergunto ao dono como ele consegue o doce, ele me confidencia que quem faz é sua esposa. Imaginei que deveria ser uma receita antiga da família, passada de vó para filha. O dono da banca me corrige. A esposa dele trabalhou como vendedora de balas em um cinema e foi lá que aprendeu. Perguntei em qual cinema. Ele disse que não lembrava.

A porta do prédio está aberta. Pergunto à porteira o que houve. Falta de luz. Encaro os degraus. A escada está cheia, é fim da tarde e meus vizinhos estão voltando para casa. Não consigo afastar a imagem de um formigueiro. Não pelo fato de todos andarem juntos, mas porque seguimos a vida presos a algo que ninguém vê. Alguns chamam de destino, outros de rotina, o certo é que fazemos um vasto número de coisas sem questionar, simplesmente porque algo nos diz que devemos fazer. Acordar, trabalhar, nos alimentar, ganhar dinheiro, comprar coisas, encontrar alguém e procriar. Já vi gente chamando de instinto. As formigas funcionam assim, talvez seja o instinto mesmo. Você olha para os bichinhos e não vê nenhum caminho, nenhuma trilha, porém todas andam exatamente na mesma linha, seguindo a que vai à frente. Sem pensar, hesitar, somente indo em frente.

    Falta-me o ar. Malditos anos pesando sobre meus ombros. Sento no chão de algum andar, não sei qual, e tento respirar normalmente. Aos poucos o ar volta. Pego o doce no meu bolso e retiro o saquinho branco. Na primeira mordida penso se aquele doce foi feito por aquela moça. O doce escapa das minhas mãos e cai no chão. Deixo para as formigas.

RESPOSTAS CRUZADAS

Faço diversos tipos de massagens, atendo a domicílio, empresas, salões de beleza, eventos e bufê. Caso haja interesse, me procure no meu Orkut, e-mail ou fone: mulher-massagista. Terminou de ler o jornal, ele lia tudo mesmo sem deixar uma palavra para trás, e dobrou meticulosamente o caderno de classificados. Deixou a xícara sobre a mesa, um fundinho de café ficaria ali até a noite quando voltaria para casa. Arrumou todo o jornal, tomando cuidado para deixar os cadernos em ordem alfabética, e colocou de volta no saco plástico que vinha para proteger da chuva.

Foi até o banheiro e lavou as mãos, sempre ficava com a sensação de que seus dedos estavam sujos. Pegou seu dicionário de bolso – chamava-o carinhosamente de mini – o jornal devidamente embalado e saiu. O elevador chegou e para seu alívio estava vazio. Sentia-se extremamente desconfortável quando tinha que descer o elevador com alguém. Nunca sabia o que dizer e o silêncio era incerto, ainda mais quando se tratava de vizinhos. A porta abriu, ele atravessou a portaria escura e fez uma leve mesura para Agenor.

– Saudação comum no Brasil com três letras – o rapaz magro e de olhos vívidos sorria atrás do balcão de madeira.

Ele apenas sorriu e mais uma vez se arrependeu de contar ao seu porteiro que era responsável pelas palavras cruzadas do jornal da cidade. Todo o dia tinha que ouvir a mesma brincadeira, e pior, duas vezes por dia. Uma pela manhã e outra à noite.

A rua estava movimentada, pessoas caminhavam apressadas com casacos, depois de muito tempo tinha feito frio. Ele não gostava, preferia o calor, às vezes ficava sentado no chão da sua sala onde o Sol batia. Só para sentir sua pele queimando, gostava de ficar ali sem fazer nada, apenas no Sol e depois de beber uma cerveja gelada. Passou por uma lixeira e jogou o jornal fora. Caminhava sem muita pressa, gostava de acordar cedo para não ter que correr para o jornal. Admirava as pessoas, os edifícios e parava para ver muitas vitrines, mesmo que quase nunca comprasse alguma coisa.

– Aquela é uma sirigaita – disse uma que usava uma camiseta justa que deixava seu umbigo de fora, além da parte de baixo de sua barriga flácida.

Sirigaita. Boa palavra, para um nível médio ou até difícil, mas já tinha usado algumas semanas atrás e não gostava de repetir. Seguiu pela rua e parou diante de um sebo, a vitrine mostrava alguns livros de capas amareladas. Eram edições antigas, algumas autografadas, não eram para ele. Além de serem caras, as palavras eram antigas e não tinham serventia para ele. "Manual prático para emborrachamento de circuitos" este sim poderia ter algumas boas palavras para o nível superdifícil. Compraria o livro na volta, hoje era segunda-feira e gostava de chegar cedo ao jornal e adiantar as cruzadas para poder voltar suas atenções para a do final de semana. Acreditava que como as pessoas dedicavam mais tempo ao jornal, gostariam de encontrar um verdadeiro desafio na palavra cruzada. Não uma coisa simples, resolvida de imediato, quem sabe até faria uma pesquisa para encontrar aquela palavra mais complicada. Ele sabia que isto não acontecia, mas não se importava em fantasiar.

A moça da recepção sorriu mecanicamente para ele antes de subir o lance com dezessete degraus que levavam à sala onde estava sua mesa. Uma sala ampla onde trabalhavam outras onze pessoas, cada uma em seu cubículo. Por alguns meses trabalhou em casa, mas desistiu da ideia. Era uma tortura. Ter a mesa de trabalho em casa era como ter que trabalhar a todo instante que estava em casa. Passava o dia, a noite e a madrugada pensando sobre as cruzadas. Começou a sair de casa para se distrair, mas quando voltava, antes de ir dormir, passava pela mesa, ficava com a consciência pesada por não ter trabalhado o suficiente e levantava-se, acendia a luz e começava a trabalhar.

Não, o escritório era algo saudável. Seu trabalho ficava mais eficiente e sua mente mais descansada. Também apreciava o contato com outras pessoas. Morando sozinho, o escritório era o único lugar para conversar.

Deixou o dicionário de bolso sobre a mesa e olhou para o volumoso Houaiss que tinha ao lado do computador. Sempre ficava em dúvida se realmente deveria trazer o mini. Entretanto, o peso do diminuto dicionário lhe dava uma certa confiança, uma calma, que era confortável demais para ignorar.

O jornal tinha lhe dado um endereço de e-mail, que saía impresso logo abaixo do quadro de palavras cruzadas. Ele achava uma tremenda bobagem, quem iria escrever? Mas admitia que nas poucas vezes que escreveram elogiando seu trabalho tinha ficado realmente contente. Porém isso vinha com um preço. Magali. No começo ele não se importou com o e-mail que pedia as respostas para a palavra cruzada daquele dia. Depois do décimo, ele pediu para que o contato fosse desativado, a direção quis saber o motivo. Decidiu não explicar nada e esquecer aquela história. Temia que uma reclamação da tal Magali fizesse com que as respostas voltassem a ser impressas no dia seguinte.

Foi com muito custo que convenceu a direção de que as respostas viessem somente uma semana depois, publicar no dia seguinte simplesmente estragaria o passatempo. Preferia contentar-se em receber as mensagens e sofrer em silêncio.

Onze mensagens. Dez eram propagandas de réplicas de relógios, Viagra, acompanhantes e para perder peso. A outra era de Magali. Fazia um tempo que ela não escrevia. Ele deu um longo suspiro antes de abrir a mensagem. Como sempre ela era muito educada, elogiando o trabalho dele e pedindo encarecidamente que enviasse as respostas de hoje.

— De hoje! — disse em voz alta e todos olharam assustados.

Nunca respondia, preferia o silêncio a ter que conversar com ela. Não queria encorajá-la. Entretanto, desta vez clicou no botão para a resposta e antes que se desse conta estava convidando Magali para tomar um café onde ele falaria sobre as respostas. Um impulso, desses que você lembra para o resto da vida e morre sem saber por que fez aquilo. Enviou a mensagem e foi buscar um café. Estava precisando.

Sentou-se e deu um longo gole. Exagerou no açúcar. Olhou para a tela e tinha uma nova mensagem. Era dela. Seu coração acelerou, olhou para os lados para ver se alguém prestava atenção no que acontecia. Sentia como se estivesse fazendo algo errado, inexplicavelmente tinha vergonha. Mas apreciava a sensação.

Magali aceitara. Disse que trabalhava ali perto e poderia estar no tal café às dez e meia. Consultou o relógio, nove e quarenta e três ainda.

O café era pequeno e fumacento, não mais que um corredor onde estavam cinco mesas enfileiradas. No fundo um balcão de madeira e alguns doces expostos. Tinha um aspecto de sujo, apesar de não o ser. Sentou-se e pediu um café puro e um pedaço de torta. Particularmente gostava da de maçã, mas hoje estava em falta. Pediu o cuque de banana.

Sempre que estava ali sentia-se como em um filme. Naqueles filmes cults, onde os personagens ficam horas e mais horas discutindo sem sentido. Ou então achava que estava em Paris, um indivíduo do primeiro mundo. Sabia que era bobagem, mas sentia-se mais intelectual.

O aroma estava bom e o cuque leve, tinham acertado a mão na farofinha. Buscou pelo dicionário, entretanto, na pressa tinha deixado o mini sobre a mesa. Era como se estivesse sem as calças, uma sensação de nudez o invadiu. O que deveria fazer? Estava sozinho na mesa, sem ninguém para conversar, nada para se distrair. Tentou se entreter com a comida, mas estava nervoso demais e o café foi em dois goles e o cuque em três garfadas. Olhava para a porta de vidro e se concentrou em ver as pessoas que passavam na rua. Ficou mais desconfortável ainda quando percebeu que o café estava vazio e não existia ninguém para apreciar este pequeno teatro.

Uma das muitas pessoas que passavam – o café era localizado no centro da cidade – parou diante da porta e entrou. Sem saber o porquê, soube que era quem ele esperava. Jamais teria consciência deste fato, mas soube que era Magali porque esperava que aquela que entrava pela porta fosse ela.

Vestia uma saia escura e uma camiseta alaranjada justa. As mangas eram curtas e deixavam seus braços delicados e longos à mostra. A pele clara contrastava com o cabelo escuro. Não tinha certeza, mas achava que existia algum tom de vermelho no cabelo curto que mal chegava aos ombros. Ela caminhou com passos firmes e sentou-se à mesa dele.

Reparou em seu rosto, traços suaves, combinavam com seu cabelo ondulado. Uma boca larga, daquelas que parecem sempre estar sorrindo. Olhos escuros e redondos. Ela fez um breve aceno de cabeça e ficou quieta.

Ele esperou ela dizer alguma coisa, mas permanecia quieta. Pensou em perguntar como ela sabia que ele era ele, mas depois desistiu, afinal, ele sabia que ela era ela.

— Aceita um café? — foi a frase que o salvou do incômodo silêncio.

Ela apenas assentiu afirmativamente com a cabeça. Nenhuma palavra ainda. Acenou para a garçonete atrás do balcão e apontou para sua xícara. Ela entendeu e sinalizou que logo levaria.

Ainda sem dizer uma palavra ela abriu sua bolsa e retirou o jornal e uma caneta. Colocou o jornal sobre a mesa, tirou a tampa azul e cuidadosamente encaixou na parte de trás do objeto. Olhou para ele, ergueu as sobrancelhas como se fosse óbvio o que ele deveria fazer agora.

Não teve dificuldade para identificar que se tratava do jornal em que ele trabalhava e logo decifrou as letras de ponta-cabeça e soube que era o jornal de ontem. Tudo ficou claro.

— Você está esperando que eu dê as respostas? — ele exclamou incrédulo.

Magali acenou com a cabeça e um sorriso. Usava uns três colares em seu pescoço esguio: uma correntinha com uma pedra azul pendurada, outro era de prata simples e o último era uma série de bolinhas diminutas. Todos do mesmo comprimento, formando uma linha espessa, como se sua cabeça e pescoço não fizessem parte do corpo, como uma boneca de plástico.

— Não acha que deveríamos conversar um pouco? — ele se arrependeu de dizer estas palavras, a ideia de conversarem como velhos amigos era mais estranha do que simplesmente dar as respostas — Se bem entendi, digo as palavras que faltam e você vai embora?

— Não foi para isso que você me chamou? — finalmente ela disse alguma coisa, foi um alívio para ele.

Para sorte dele o café chegou. Teria um momento para tentar organizar seus pensamentos.

— Por quê? — de repente disse.

Magali colocava açúcar no café e olhava para ele como se a resposta fosse óbvia.

— Você propôs o desafio, você me deve as respostas — ela disse antes de dar um pequeno gole.

Ele nunca tinha pensado a coisa por esse lado. O raciocínio fazia sentido, de certa maneira aquele encontro fazia mais sentido. Isto o encorajou a continuar.

— Mas por que não procura na internet? As respostas sempre estão lá de alguma forma — ele sorriu. — A internet tirou o desafio das palavras cruzadas

— Não acho que seja justo — para surpresa dele, ela colocou mais uma colher e meia de açúcar no café.

— Não compreendo.

— Não acho que seja justo com você — Magali olhou diretamente nos olhos dele, que inconscientemente inclinou o corpo para trás — você deve perder horas e mais horas pensando, procurando a palavra certa para encaixar em determinado lugar — bebeu do café, agora estava com a quantidade de açúcar certa, tomou um longo gole — Sabe, é o seu trabalho, de certa forma sua vida. Seria descabido eu acabar tudo em poucos segundos.

— A tentação sempre está presente — ele murmurou lembrando que às vezes usava a internet para procurar uma palavra.

Outra vez o silêncio. Ele não sabia mais o que dizer.

Sem pressa, ela tomou o café, colocou a xícara sobre o pires e a colher dentro da xícara. Uma mania que ele particularmente detestava, porém não notou. Magali pegou sua caneta e ficou esperando.

Olhou para o jornal e viu as posições que estavam em branco. Eram apenas três. Acertou Dulcinéia, não é todo mundo que conhece o amor do Quixote. Nada mal.

— Barrete, mitra — logo que ele terminou a

palavra Magali escreveu animada – pessoa viva e esperta, serelepe – ela sorriu diante da palavra – japonesa treinada desde jovem nas artes da dança, do canto e da conversação para entreter os fregueses de casas de chá, gueixa.

– Eu sabia – ela sussurrou, cabeça baixa anotando.

Metodicamente ela retirou a tampa e fechou a caneta. Guardou o jornal e a bolsa, sorriu para ele, levantou-se e foi embora.

Ele permaneceu lá, parado, admirando enquanto ela ia embora. Sentia-se usado, contudo, feliz.

SÁBADO À NOITE

Esfregava as mãos e sentia a pele como se estivesse solta, folgada demais para seus ossos. Parou de repente. Não gostava de pensar que o tempo tinha passado mais rápido do que suas memórias. Uma mulher o encarava, não era jovem, mas bonita com seu cabelo cacheado e o lábio demarcado pelo batom vermelho. Instintivamente olhou para o seu dedo, a aliança não estava mais lá. Outra coisa que tinha perdido pelo caminho. A mulher insistia com o olhar e ele tentou descobrir por quê. Não sabia se por desconfiança ou se ela gostaria que ele retribuísse. Fosse qual fosse, a razão o desagradava. Apertou o botão que indicava que o ônibus deveria parar no próximo ponto.

A porta se abriu e desceu os dois degraus largos, o Sol bateu em seu rosto, os olhos estranharam a claridade, não conseguia lembrar a última vez que sentira aquilo. Jamais tinha reparado naquela coisa tão simples, estranhar a claridade, não durava mais que um instante. Tentou lembrar de todas as coisas que não reparara ao longo da vida. O vento batendo no rosto, o barulho da cidade, caminhar olhando para o chão sem se preocupar com nada. Agora tudo era diferente. Depois de tantos anos, era como se fosse a primeira vez. Passou a sentir uma aflição, não gostava daquilo. Pensou que seria bom, que aproveitaria cada momento. Mas sentia falta do silêncio, da rotina, do verde claro da tinta gasta das paredes.

Passou em frente a uma lanchonete, logo na entrada estava um daqueles carrinhos coloridos de picolé. Há muito não sabia o que era tomar um sorvete. Deslizou a porta do carrinho, esticou a mão para pegar o picolé e sentiu o frio envolver seus dedos. Retirou a mão e colocou de novo. Era uma sensação estranha, na sua cabeça sabia que era uma coisa comum, ainda assim ficou maravilhado. Foi até o caixa, a moça atendeu com um sorriso, as unhas pintadas de um laranja gritante entregavam o troco. No balcão um sujeito bebia café preto, tinha um bigode farto e o fez lembrar daquelas fotos de pessoas que foram torturadas pela ditadura. Não soube por que pensou isso. O sujeito olhou bem para ele.

– Você não é aquele cara? Vi sua foto no jornal.

– Desculpe amigo, você deve estar me confundindo.

O sujeito deu de ombros e voltou as atenções para o café. Mas ele sabia que era o cara do jornal, sabia que um repórter tinha tirado sua foto quando estava saindo. Sabia que tinha recusado entrevistas e aparições em programas de TV.

Não queria que vissem sua cara, nem mesmo seus amigos e família. Já tinha perdido todos eles e a ideia de perdê-los de novo, ou não recuperá-los, era assustadora demais. Preferia que as coisas permanecessem como estavam. Pelo menos a maioria estava feliz. Pagou pelo picolé e seguiu pela rua, ainda faltava um bom pedaço. Tinha saltado um pouco antes do que esperava, mas o olhar da mulher realmente o perturbara. Não tinha dúvidas de que ela não pensara nada de mais, que não o estava julgando e condenando, mas velhos hábitos são difíceis de esquecer. Imaginou se algum dia poderia ver as pessoas como antes, se conseguiria aprender de novo a conviver fora.

Um carrinho de bebê passou a seu lado, uma menina, talvez a melhor forma de encarar aquilo fosse como uma criança vê a vida. Cada pequena coisa é uma novidade, é preciso até mesmo aprender a respirar. Era o que ele precisava fazer, teria que começar a vida de novo. Até ali, suas experiências, sensações e sentidos foram levados, apagados pelos anos que passou naquele lugar onde a vida para e o tempo, lá fora, anda mais rápido. Muito mais rápido.

O sinal abriu e os carros arrancaram com impaciência, ficou na calçada de pedras brancas e negras. Virou sua cabeça para o alto e observou os prédios, reparou em uma janela. Era grande, um quadrado imenso de vidro cercado por concreto sujo. Seu antigo trabalho. Seria mesmo? Não tinha certeza. Lembrou-se de que costumava ficar na janela, admirando as pessoas lá em baixo na rua vivendo suas vidas. Gostava de ser um observador. Essa lembrança tomou sua mente como as águas do mar tomam a areia na maré alta, lenta e continuamente até alcançarem a plenitude. Foi uma sensação reconfortante. Sua vida antiga.

Decidiu ir até o prédio, quem sabe estando na portaria outras coisas não surgiriam. Atravessou apressado a rua e subiu a escada de poucos degraus, olhou fixamente para o mármore branco no chão, nada. Abriu a porta, um grande painel de placas de plástico indicava as empresas que ficavam ali. Leu cada uma delas, foi inútil. Palavras que nada significavam para ele. Seguiu até o balcão da recepcionista, a moça loira era muito jovem para estar ali quando ele trabalhava, se é que este era o prédio certo. Desistiu.

De repente o dia ficou mais escuro, no céu uma enorme nuvem negra começou sua manobra para bloquear o sol. Uma baita chuva se aproximava, decidiu apressar o passo, o café em que tinha combinado o encontro ainda estava a algumas quadras.

Seria a primeira vez que conversaria com alguém depois que saiu. Claro que já tinha trocado palavras com algumas pessoas, mas conversar mesmo ainda não. Pensou em ligar para o seu pai, contudo, a última notícia que tinha tido era que o pai estava internado em um asilo, a cabeça ruim e o coração fraco. Não, seria melhor para seu pai, seria melhor para ele se as coisas continuassem assim. Lembrava-se da decepção nos olhos do velho quando se viram pela última vez. Já fazia tempo. Além do mais, o velho nunca iria compreender o que aconteceu, nem mesmo ele sabia direito o que tinha lhe acontecido. Só sabia que o tempo correra, por Deus, como correra.

Parou em uma esquina, não tinha certeza se a rua era aquela mesmo. Tudo estava tão diferente. Perguntou para um taxista se o endereço era ali mesmo, o sujeito confirmou com um aceno de cabeça sem muita vontade. Mascava um palito de dente e nas mãos levava um daqueles jornais populares, com manchetes sobre assassinatos e fotos de mulheres de biquíni.

A galeria ficava no meio da quadra, paredes precisando de uma mão de tinta, lojas decadentes e piso sujo. Ainda assim muitas pessoas passavam por ali. Sentiu uma sensação estranha, talvez alguma memória, talvez frequentasse o local antes, mas não conseguia distinguir o que poderia ser. Seguia com passos firmes.

O café era pequeno e fumacento, não mais que um corredor onde estavam cinco mesas enfileiradas. No fundo um balcão de madeira e alguns doces expostos. Tinha um aspecto de sujo, apesar de não o ser.

Na mesa próxima do balcão estava sentado um homem de cabelos acinzentados e olhar sereno. Tomava um café e a sua frente estava um prato com meio pedaço de torta de maçã. Aproximou-se sem muita certeza, ficou surpreso por aquilo se revelar uma tarefa extremamente difícil. Há muito alguém sempre lhe dizia o que deveria fazer, como e em quanto tempo. Não ter uma ordem, ter que decidir como agir era algo que ele não estava mais acostumado. Aquele simpático senhor poderia não ser a pessoa que o estava esperando. Não tinha ninguém ali para lhe dizer o que fazer. Um súbito pânico o dominou e se não fosse o senhor acenar para que ele se sentasse, talvez tivesse saído correndo dali como um louco. Será que teria perdido a sanidade? Achava que isso era a única coisa que tinha conseguido manter.

– Quando recebi a carta não acreditei em sua história – disse o senhor logo depois que ele sentou.

– Desculpe – disse sem saber por quê.

O senhor o olhou por um instante.

— Rapaz, é você mesmo — finalmente falou, — vi sua foto no jornal. O país inteiro acompanhou sua história. Se eu contasse para o pessoal lá do jornal que estou conversando com você agora, ficariam todos eriçados.

— Por favor, não fale nada para ninguém sobre nosso encontro.

— Fique tranquilo — o senhor sorriu —, normalmente já não sou de muita conversa, antissocial diriam alguns.

Os dois homens ficaram em silêncio. Quando o silêncio começava a incomodar a moça do balcão perguntou se ele gostaria de alguma coisa. Ele pediu um café.

— Desculpe perguntar, mas como conseguiu?
— O quê?
— Aguentar todo esse tempo. Imaginei-me em sua situação e não sei como faria — o senhor garfou mais um pedaço da torta — sabendo que era inocente. 28 anos.

A moça trouxe o café e o encarou por um segundo, ele desviou o olhar e agradeceu.

— O começo foi o pior, sentia muita raiva, não queria acreditar, tentava de todas as formas lutar contra aquilo. Mas o tempo se encarregou de me conformar e descobri que o único jeito de sobreviver era encontrando um objetivo. Alguma coisa que afastasse a ideia de tirar minha própria vida – ele bebeu um gole de café –, foi aí que suas palavras cruzadas surgiram.

Não foi preciso pedir por uma explicação, a expressão em seu rosto era mais do que suficiente.

– Exatamente – pela primeira vez ele sorriu –, a penitenciária recebe a assinatura do jornal e um dia, eu limpava o chão da biblioteca, quando o jornal estava aberto em cima da mesa. A cruzada estava ali, mentalmente fiz a um na horizontal, depois fiz a quatro na vertical, quando percebi estava sentado, com o lápis na mão e terminando. Claro que não consegui fechar todas as palavras – o autor agradeceu o elogio –, e o senhor não imagina como é difícil descobrir a palavra certa sem nenhum tipo de ajuda. Mas era do que eu precisava, passava todo meu tempo livre procurando pelas palavras, os jornais não paravam de chegar, eu sempre tinha um novo desafio. É por isso que ainda estou aqui, graças às suas cruzadas puder ver o dia em que o verdadeiro assassino foi preso e ganhei minha liberdade.

– Eu... eu não sei o que dizer – o senhor estava realmente atordoado com a história, jamais pensou que suas cruzadas pudessem fazer tanta diferença em uma vida.

– O senhor não precisa dizer nada, sou eu que tenho que lhe dizer. Obrigado.

Ele estendeu a mão por sobre a mesa, trocaram um breve aperto, ele terminou seu café e foi embora.

UNIÃO DA VITÓRIA

— Eu conheço um cara em União da Vitória.

— Desculpe, falou comigo? — perguntei sem entender se o sujeito falava comigo ou com outra pessoa.

— Para o seu problema — ele mexeu o garfo ainda com um pedaço de bife na minha direção. — Eu conheço um cara em União da Vitória que pode resolver.

— Como assim? Eu não conheço você — cocei a cabeça. — Você estava ouvindo minha conversa?

Ele me olhou, colocou o pedaço de bife na boca. Piscava rápido os olhos, era estranho.

— Sim, sim, claro, não nos conhecemos, é melhor assim.

O sujeito limpou a boca e o bigode com o guardanapo, levantou e foi embora da lanchonete.

— Que figura. Você acha que ele estava ouvindo nossa conversa?

Meu amigo deu de ombros. Às vezes, ali nas lanchonetes do centro, encontrávamos estes sujeitos malucos, não era tão incomum.

— De qualquer forma, esse cara, esse desgraçado tá aprontando, alguma coisa não tá certa ali. Essas reuniões com o chefe e agora esse aumento de páginas — dei um gole no café.

— Não, eu tô numa boa, tenho um trunfo. Mas esse cara, um sacana, certeza que está de olho na minha promoção.

Deixei a lanchonete imaginando que nunca mais veria o tal sujeito e só pensava o que aconteceria no próximo mês. Precisava daquela promoção. Eu merecia.

O cheiro do salgadinho não era a pior coisa em Osvaldo, mas chegava perto de ser. Era daqueles vagabundos, que vinham em um saco plástico verde e manchavam a ponta dos dedos de amarelo. Certeza que dava alguma doença, não podia ser natural comer algo assim todo o santo dia.

Para mim, o pior do meu colega de escritório era a rotina, não deixava de ser impressionante, mas me irritava até a alma. Chegava depois do almoço e abria o maldito salgadinho, a sala inundada pelo cheiro de isopor queimado. Comia um de cada vez, nunca dois, segurava com o indicador e polegar e colocava sobre a língua. Quase como um metrônomo que marca o tempo para um estudante de contrabaixo.

Depois de comer o último, alinha o saco e derrama o farelo na boca. Lambe os dedos, é isso mesmo, lambe os dedos e seca na calça. Por três anos é isto que vejo depois do almoço, os mesmos movimentos. Por um tempo eu cronometrei, a diferença de tempo de execução de um dia para o outro é de segundos. Volta suas atenções para o computador e trabalha por uma hora e quarenta e cinco minutos. Espreguiça os braços e sorri satisfeito enquanto aperta o "enter" no teclado e a impressora começa a funcionar.

Demorei mais de um ano para descobrir o que eram esses papéis que ele levava para o chefe. Ficava trinta e cinco minutos na sala, portas fechadas e saía sem os papéis. Mas um dia consegui uma desculpa para entrar imediatamente após a saída de Osvaldo. Os papéis ainda estavam sobre a mesa do chefe. E-mails, o desgraçado imprimia as mensagens que recebia e levava para se gabar.

Foi assim, aos poucos, que Osvaldo começou a atrapalhar meus planos.

Quando um dia o seu Martins apareceu no escritório, eu entendi o que realmente acontecia. O mais antigo entre nós, seu Martins ganhou, um pouco pelos resultados um pouco pela idade avançada, o privilégio de poder trabalhar em casa. Aparecia muito pouco no escritório e continuava sendo a grande referência. Quase todos queríamos ser o seu Martins. Mas quando ele anunciou que estava fora, somente um poderia ser.

Por meses eu treinava em casa, lia dicionários e enciclopédias, comprei em sebos aquelas coleções intermináveis com capa de couro marrom. Eu estava preparado para a vaga e durante um corte de cabelo descobri um trunfo. Algo que garantiria minha promoção.

Na cadeira ao lado, um dos barbeiros não desviava os olhos de uma revista. Escrevia e apagava a todo tempo. Instigado pela curiosidade profissional, contorci o pescoço para ver o que ele tinha nas mãos. Sudoku.

Um passatempo que parece ter sido criado no Japão, mas foi inventado nos Estados Unidos e depois comprado por uma empresa japonesa. Pesquisei tudo que podia e comecei a jogar. Um mecanismo simples, preencher as linhas sem repetir os números. Contudo gerava uma diversão surpreendente. Passei noites e mais noites jogando até conseguir esboçar meus próprios jogos. Aperfeiçoei a técnica até que consegui criar uma revista inteira de Sudoku.

Fui novamente cortar meu cabelo, apenas aparar as pontas, e entreguei a revista para o outro barbeiro. Enquanto a tesoura reduzia os meus fios o outro barbeiro escrevia e apagava com uma satisfação que julguei ser maior do que a anterior. Tive para mim que o objetivo foi alcançado. Eu estava pronto.

Então vieram essas reuniões do Osvaldo

com o chefe e minha confiança foi aos poucos sumindo. Era injusto, eu não consegui entender como ele conseguia receber tantas mensagens. Mesmo o seu Martins não recebia tantas, eu confirmei com a Claudete.

Antes do expediente terminar o chefe nos chamou e comunicou que teria uma repaginação para a próxima edição. Enquanto o substituto do seu Martins não fosse definido, para dar um descanso ao velho, o Osvaldo assumiria quatro páginas a mais por edição.

Quatro páginas. Era um absurdo. O dobro de páginas para o Osvaldo. Senti o estômago virar e um gosto amargo de raiva na boca. Respirei fundo e voltei para a minha mesa. Não ia deixar que o caçador de palavras saboreasse sua pequena vitória.

– Ei, vamos na birosca tomar uma? – Lauro era uma das boas companhias do escritório. Cuidava dos criptogramas, nos anos 90 teve muito sucesso ganhando até uma revista inteira com seus trabalhos, mas perdeu espaço para outros passatempos e hoje preenche três páginas com seus desafios.

– Tá aí a melhor notícia do dia.

Deixamos o escritório e fomos para a birosca, como o Lauro chamava a lanchonete da esquina.

Sentamos no lugar habitual, a esquina do

balcão onde podíamos ver todo o movimento do lugar e éramos bem atendidos. Eu sempre tinha esperança de ver alguém com uma das revistas de passatempo na mão, mas ali tudo que as pessoas levavam nas mãos era um copo de cerveja e o sanduíche de bife com ovo.

— E essa do Osvaldo? — Lauro com um sinal pediu duas cervejas.

— Tem alguma coisa estranha — eu não parava de pensar naqueles encontros no meio da tarde. Não podia ser apenas para mostrar e-mails de elogio. Tinha que ter algo mais.

— Caça-palavras estão voltando, com essa geração que não presta muita atenção e quer resultado imediato é o passatempo certo.

Eu não concordava, mas talvez fosse uma explicação.

— Esqueça isso, o Osvaldo quer o lugar do seu Martins, o lugar que deveria ser meu — a frase saiu um pouco mais sinistra do que eu esperava, mas era verdade. Eu merecia.

— Eu conheço um cara em União da Vitória — disse um sujeito.

Cheguei segunda no escritório e algo não estava certo. Um silêncio, pessoas reunidas nos cantos murmurando e o café sem passar. Caminhei até a mesa da Claudete, ela sempre sabia de tudo que acontecia. Uma vez ela soube que eu estava com o colesterol alto antes de eu abrir o exame.

– O que aconteceu?

Ela olhou para mim horrorizada, mas com uma satisfação tremenda de poder contar para alguém.

– O Osvaldo morreu.

– O Osvaldo?

– Assassinado – ela diz a palavra sem emitir som, apenas mexendo os lábios transbordados de batom.

– O que?

– Voltem ao trabalho – disse o chefe, sem muita convicção e com a voz monótona.

Segui para a minha mesa, que por estas circunstâncias da vida, ficava ao lado da de Osvaldo. Tentei me concentrar no desenho que estava sobre minha mesa, uma menina no balanço e um canteiro de flores. Um céu repleto de nuvens com um sol radiante. Mas a todo instante meus olhos eram levados para a cadeira vazia de Osvaldo.

O cheiro do salgadinho que ele insistia em comer também estava lá. Não que eu me importasse tanto assim com sua morte, éramos colegas de trabalho, rivais, mas como pessoa ele era apenas aquele que sentava na minha frente e comia salgadinhos fedorentos. Contudo ser assassinado mudava a coisa. E talvez eu devesse me repreender por tal coisa, mas era a curiosidade de saber o que aconteceu que mantinha minha atenção sobre a cadeira vazia. E não qualquer tipo de sentimento de perda ou tristeza.

Assassinar o Osvaldo? Por quê? Era loucura.

Flores, sempre um bom elemento. Você pode tirar uma pétala, até mesmo várias quando o jogo é destinado às crianças, ou acrescentar uma folhinha a mais. Contudo para o jogador experiente é um dos lugares por onde ele começa sua busca.

Tirei uma pétala. Nada muito complicado. Mas depois de tanto tempo fazendo esses passatempos percebi que o sete erros é um diálogo, não uma competição. Meu objetivo é divertir o jogador e não vencê-lo. Osvaldo pensava o contrário, queria que seus caça-palavras ficassem sempre incompletos, interrompidos porque existem uma ou duas palavras quase impossíveis de encontrar.

É tudo sobre equilíbrio, eu preciso criar um desafio, mas deve existir uma recompensa para a pessoa seguir em frente. Quando o último erro é descoberto meu trabalho está feito, um passatempo interrompido é uma derrota.

Por isso os dois primeiros erros que crio são fáceis, não óbvios, mas na medida certa. Depois das flores sigo para as nuvens, outro elemento sempre visado. Acrescento uma diminuta nuvem no canto esquerdo do céu.

O próximo erro era óbvio, mas sempre dava resultado. Retirar um dos raios do Sol. Certa vez, andando pelos sebos da região – livros antigos são uma ótima forma de adquirir vocabulário para as palavras cruzadas –, descobri um exemplar carcomido de E. H. Strasser. Um ensaio que discutia a relação de nossa visão com a memória.

Não era longo, mas o texto falava sobre como a nossa visão precisa da ajuda de nossa memória para absorver tudo que nossos olhos veem. Cada objeto, pessoa e cor que vemos fica registrado na memória para depois ser usado para completar as imagens que observamos no dia a dia. Assim nossos olhos e mente não precisam processar a mesma informação várias e várias vezes.

Sem saber eu também fazia essa relação, o jogo dos sete erros não passa de uma peça que nossa mente prega em nossos olhos. Sem perceber completamos os desenhos e por isso não percebemos os erros, por mais simples que eles sejam.

Assassinado. Era difícil imaginar que alguém que você convive lado a lado por tanto tempo foi assassinado. Isso é coisa que você vê nos filmes, lê no jornal. E minha reação talvez tenha acontecido porque assisti a filmes policias demais.

Eu tentava lembrar do dia anterior. Se Osvaldo indicou de alguma forma que sua vida corria perigo. Era uma bobagem, claro, porque depois da leitura do livro de Strasser eu percebi que nossa memória também nos prega peça.

É como o jogo dos sete erros, as imagens que criamos do passado são moldadas por nossa mente e a memória passa a ser como desejamos. Sempre quando lembramos de algo é mais divertido, mais bonito e até mais intenso de quando aconteceu. E para justificar essas mudanças usamos a frase "é que você precisava estar lá".

Por isso minhas lembranças de Osvaldo eram de como ele estava manipulando o chefe para herdar o lugar do seu Martins. Lugar que era meu por direito. Eu que estava estudando, pesquisando uma forma de trazer os passatempos para o auge novamente. Osvaldo não podia receber a promoção, ela era minha custasse o que custasse.

Quer dizer, assassinato é algo terrível e quando entra em sua vida muda tudo. É como olhar as respostas no final da revista, o passatempo não existe mais, pois se você tira o desafio não sobra nada. Eu jamais poderia realizar algo tão sinistro e abjeto.

E eu não conheço ninguém em União da Vitória.

Este livro foi produzido no Laboratório Gráfico Arte & Letra, com impressão em risografia e encadernação manual.